Waltraut de Willigen

SCHMETTERLINGSFRAU, LUMPENPUPPENMANN UND 13 WEITERE MENSCHENGESCHICHTEN

Auslese aus W. de Willigen's Fast Fliegenden Blättern
Schmetterling und Strohstern
und
Unterwegs geblieben

Editie VONKENDANS

Copyright: © 2013 Verlag Editie VONKENDANS
NL – Philippine (Z-VL), www.vonkendans.nl
Alle Rechte vorbehalten
Herstellung und Verlag: BoD - Books on Demand, Norderstedt, www.bod.de
Einbandgestaltung und Illustration: Lilith-Benthe Eriksen
ISBN 978-3-7322-5293-0

... weil Liebe viele Gesichter hat

Frans gewidmet

D
 E
  R
 W
  E
   G

   ?

DIE SCHMETTERLINGSFRAU

Start: Tampere, Ziel: Iittala. Dazwischen: Elypsen, Linien, Punkte auf dem Computerausdruck, die alles hätten bedeuten können, und über das Papier verteilt ein paar Mal die Zahl 130. Fuhr ich nun schon zum zweiten Mal diese 130 südwärts? Oder doch wieder gen Norden? Oder gar zum dritten Mal? In dieser einsamen See-Wald-Wald-See-Landschaft fand ich mich nicht zurecht. Der Weg, von dessen Richtigkeit ich eben noch überzeugt gewesen war, schien mir jetzt ein Irrweg zu sein. Alles ähnelte vorher Gesehenem und war mir doch fremd, wenn ich näher kam. Mein Orientierungssinn wurde hier ein ums andere Mal betrogen. Wälder. Felder. Wälder. Und Seen, auch bei bedecktem Himmel blau, mit Saunahäuschen auf noch grünen baumreichen Inselchen, die sich kaum unterschieden. Wollte ich je dem Grün-und-Blau seine Harmonie absprechen?

Ich öffnete das Fenster. Plötzlich störten mich das Sirren der Räder, das Brummen des Motors. Ich parkte, stieg aus, schloss nicht einmal die Autotür. Das Geräusch hätte die plötzliche Stille zerbrochen.

In Waldsaumnähe setzte ich mich auf einen Baumstumpf. Birkenstämme leuchteten zwischen ziegelrot-lachsrot-weiß durchädertem dunklen Felsen. Durch sonngelbe Blätter zitterten Lichtsprenkel auf Moosmatten, Pilzen und Farnen. Nach und nach bekam die Stille Stimmen: Summen, spätnachmittägliches Tschilpen, Rascheln unter dem Laub, ein fernes Röhren.

Wollte ich Iittala noch vor dem Dunkel erreichen, musste ich jetzt aufbrechen. Doch wo war ich? Wie weit war ich von meinem Ziel entfernt?

Entschlossen, der Straße nun konsequent zu folgen, fuhr ich weiter. Das Fenster ließ ich offen. Eine Hummel stieß ein paar Mal an die Windschutzscheibe, ehe sie ins Freie fand.

Meine Unruhe wuchs, und ich wurde schon wieder an dem Gedanken irr, Richtung Iittala unterwegs zu sein, da kamen mir am linken Waldrand zwei Menschen entgegen. Zwei Frauen, untergehakt. Sie sprachen miteinander. Eine trug Schwarz. Ihr kantiges Gesicht wirkte fahl. Die andere trug einen roten Schal um die Taille des weißen Kleides, eine weiße Jacke hing über ihre Schultern. Ihr Haar war grau und kurz und gewellt, ihre Sonnenbrille hatte die Form eines Schmetterlings.

Ich hielt an, stieg aus, ging ihnen entgegen und überlegte, wie ich sie wohl ansprechen könnte. Ich versuchte es mit Englisch. Die Schwarzgekleidete sah nicht verstehend erst mich, dann die Frau an ihrer Seite an. Die nickte. Ich war erleichtert. Sie hatte mich verstanden. Sie löste ihren Arm aus dem der Begleiterin, wandte sich um. Ihre Stimme klang hell und lebhaft: *Sie haben in dieser Richtung geparkt?*
Ich nickte – und begriff zu spät.
Folgen Sie dieser Straße, fuhr sie fort. *Nach etwa 2 km endet der Wald. Dort biegen Sie links ab. Es ist ein schmaler Weg ohne Hinweisschild, der Sie zur E12 in Richtung Hämeenlinna führt. Bei Numminmäki biegen Sie rechts in die Iittalantie ein, und dann sind Sie auch schon beinahe am Ziel. Gönnen Sie sich an einem der Seen eine Pause. Der Herbst ist hier so heiter und lebendig. Vielleicht weil er so kurz ist.*

Sie hat mir den Weg beschrieben, als kenne sie seine Biegung am Ende des Waldes und vermisse den Wegweiser, als genösse auch sie die Schönheit herbstlicher Ufer.

Meinen Dank erwiderte sie mit einem Lächeln. Auch ihre Begleiterin lächelte und wirkte nicht mehr farblos. Ihr rechter Arm kam der Hand der anderen kaum merklich entgegen, und angeregt plaudernd wanderten sie weiter.

Es war danach ein Leichtes, den Weg zu finden. Am Ufer eines der vielen Seen stieg ich noch einmal aus. Träge Wellen dünten auf die flachen Uferfelsen zu, letzte Sonnenstrahlen warfen Sekundenbilder auf den Schotterpfad, der Himmel färbte sich tiefblau, der Horizonts glühendorange. Und dann war es plötzlich dunkel. Und kalt. Aber ich spürte Wärme in mir, spüre sie noch, wenn ich an sie, die Schmetterlingsfrau, denke.

SOMMERHAUSTAGE

Die Frau steht im Zug nahe der Tür, bereit auszusteigen, sobald der Zug hält, bereit, dem Mann nach Jahren wieder zu begegnen, mit dem sie einmal eine nachtlange Zugfahrt durchredet hat, dessen Offenheit sie für ihn einnahm.

Sie war gebunden, damals, antwortete nicht auf die Verführung seiner Augen, seiner Stimme. Doch sie blieb neugierig auf ihn, der ihr bald lange Briefe schrieb, Fragen stellte, andeutete, ungeduldig ihre erwartete. Sie verstand, ließ ihn jedoch nicht mehr als freundschaftliche Verbundenheit spüren.
Als sie nicht länger gebunden war, intensivierte sich ihr Briefwechsel zu einem atemlosen, exzessiven Tun, zu einem Zwang, immer gewagtere Träume auszutauschen, und bald empfing und schrieb sie täglich Briefe und er überschüttete sie mit Anrufen, denen sie entgegenfieberte.

Jetzt, morgens um sieben, steht die Frau an der Tür im Zug, der die Fahrt endlich verlangsamt und nach einem vielfachen Bremsstakkato hält. Sie steigt aus, zieht ihren Koffer über die dunklen Bahnsteigbohlen, erkennt seine Stimme, seine Augen wieder, als sie voreinander stehen und spüren, dass sie trotz der Freimütigkeit ihrer Briefe und Gespräche die Tiefe des Wesens des anderen nicht entschlüsselt haben.

Komm, sagt der Mann schließlich. Er verstaut ihr Gepäck im Auto, ist ihr beim Einsteigen behilflich und weiß, dass die Kleinstadt ihn und die Frau bereits registriert.

Er fährt Umwege, an der Schule vorbei, an der er unterrichtet, vorbei an der Festung hoch über der heimeligen

Stadt, über Brücken, die tiefe Fjordschluchten überspannen, vorbei an Wäldern, noch grün belaubt. Nur aus Birken regnen schon einzelne gelbe Blätterkaskaden.

Als sie aussteigen, sagt der Mann wie schon ein paar Mal vorher: *Es ist nur ein Sommerhaus. Du weißt, kein Komfort.*
Die Frau lächelt seine Bedenken fort.

Im Haus empfängt sie Wärme und der Duft von Rosen. Sie sieht sich um, entdeckt seine Geige auf dem alten schwarzen Klavier und weiß: er wird für sie spielen, innig, leidenschaftlich, wie er alles tut. Und sie ahnt, dass sie dazu für ihn tanzen wird, einen impulsiven, hitzigen, extatischen Tanz, dass er ihren Tanz aufnehmen, mittanzen wird, ohne sein Spiel zu unterbrechen.

Es dauert eine Weile, bis der Mann mit wohlgefüllten Schalen und einem Korb mit Früchten aus der Küche kommt. Er öffnet eine Flasche, füllt die Gläser, sie trinken einander zu, halten einander, finden Wärme, Nähe, rege Sinne, leben lange geträumte Lust bis der Morgen dämmert und die Frau einschläft in seinem Arm, während der Mann in Gedanken auf ihre Haut Schmetterlinge zeichnet.

• • • • • • •

Es wird bald Winter, sagt der Mann, jetzt, Mitte September. Und: *Ich denke, der erste Schnee lässt nicht mehr lange auf sich warten.*
Er und die Frau wandern durch zaubrisches Waldland, Hügelland, im Tal durch heiterbunte Spätsommerwiesen, an

abgeernteten Feldern entlang; fünf letzte Garben müssen noch eingefahren werden.

Zwei Wochen noch, redet er weiter, *dann sind die Wälder bunt. Dann kommen auch bald die Stürme und der erste Schnee. Noch nicht viel Schnee,* sagt er in den lauen Wind, *aber mit ihm kommt der Frost und damit eine Starre, der man nicht glaubt, dass etwas Neues unter ihr werden kann.*

So zuhause sein, denkt die Frau. *Irgendwo.*
Nein. Nicht irgendwo. Wurzeln haben an einem Ort wie diesem. Wurzeln, wie sie die Bäume hier haben, die fest verwachsen sind zwischen den Felsen. Wurzeln wie der Mann sie hat, in dessen Hand sie ihre drängt, in dessen Armen sie sich birgt.

Die Frau hat keine Wurzeln; Ansätze vielleicht, die an einer anderen Küste dem Meer zuwachsen wollen. Wenn sie sich nicht vorsieht, zertritt sie die Stümpfe, und das Meer setzt sie frei, nimmt sie auf, spült sie fort.

Auf dem Rückweg reden sie viel, reden, als stünde das Ende ihrer Beziehung bevor, das Ende, auf das sie vorbereitet sein wollen. Und jeder hat seine Gründe, uralte Ängste, der Mann vor möglichem Verletztwerden, vor Einsamkeit, die Frau, wieder, vor dem Verlust von Wurzeln, die sie nicht hat.

Um ihre Ängste nicht zuordnen, nicht aussprechen zu müssen, reden sie sich von einander weg in eine Distanz hinein. Und als sie zu Bett gehen, früh, nach mühsam verborgener Sprachlosigkeit, ängstlich umgangenen Fragen, weil der Abstand nicht kleiner werden will zwischen ihnen, obwohl sich beide Nähe wünschen, bleibt der Mann passiv, während Mund und Hände der Frau verzweifelt jene verloren geglaubte Wärme suchen.

Am nächsten Tag fährt der Mann früh in die Stadt. Er wird zwei Klassen in Musik und Geschichte unterrichten, erst nachmittags wiederkommen. Derweil spült die Frau das Geschirr vom Abend und glättet oben, in der Schlafkammer unter dem Dach, die Laken. Das Gefühl der Distanz beginnt sich zu lösen.
Mittags sitzt sie am Rand der Lichtung zwischen rostbraunem Farn, noch blühendem Moos und späten Glockenblumen auf einem Baumstumpf und liest in Gustaf Frödings *Anekdoten und Erzählungen.* Sie ist erstaunt, wie viele Parallelen sie zu ihrer Sprache findet. Neben ihr liegt wie eine wirre Skulptur ein armstarker bemooster Ast.
Als der Mann wiederkommt, ist auch in ihm nichts übrig geblieben von der Distanz des Abends.

Später, ehe sie ausgehen, trägt er Eimer voll Wasser aus dem Bach hinter dem Haus in die Küche, wärmt es auf dem Herd und bereitet der Frau in der Diele im Holzzuber ein Bad. Als sie sich darin niederlässt, streut er Rosenblätter hinein.

Nach einer langen Wanderung hinauf zur Zitadelle ins Sommerhaus zurückgekehrt, tischt der Mann ein letztes köstliches Mahl auf, nimmt noch einmal die Geige vom Klavier, spielt, spielt mit den Tönen auf seine Weise, spielt, bis die Frau wieder für ihn tanzt, diesmal einen anderen Tanz als in der ersten Nacht, gelöster, freier. Und mit neuen Rätseln.

GANZ LOS ANGELES BRENNT

Die Mädchen saßen auf Nanas Bett. Zwischen ihnen lagen Modejournale, T-Shirts, schillernde Stoffreste und zwei Nylonperücken, eine mauve, kraus, die andere ein Pagenschnitt in Grün. Nana sah ihrer ersten Helloweenparty mit Ungeduld entgegen, blätterte jetzt, im August, schon in einschlägigen Katalogen. Iris schaute ihr über die Schulter, sie suchte ein Froschkostüm. Die Maske dazu hatte sie schon. Sie zog sie sich übers Gesicht, setzte die grüne Perücke auf, steckte sie mit einer Haarklammer fest.

Die Klimaanlage surrte lauter als sonst, Kühlung brachte sie kaum. Es blieb heiß und stickig. Die Sta.-Ana-Winde, unberechenbare, ständig die Richtung ändernde heiße Wüstenwinde stürmten seit der Nacht ums Haus. Die Fenster und die zierlichen dunklen Holzläden innen blieben geschlossen.
Spotty, der Dalmatiner, knurrte gereizt, als Nana und Iris an ihm vorbei in Richtung Küche schlenderten, wo Merthe, Nanas Mutter, Eiskaffee in bunte Gläser schenkte. Die Terrierdame Miss Betzi suchte in der Diele nach einem kühleren Platz.

Ihr seid aber früh dran mit eurer Maskerade, lachte Merthe, stellte die Gläser auf das Tablett und ging hinter den Mädchen her in den Familyroom. Iris zog sich die Froschmaske vom Gesicht, stülpte sie über die Perücke. *Gut, dass Ende Oktober die größte Hitze vorbei ist,* stöhnte sie. Die Luft, die Nana ihr mit einem Kostümverleihkatalog zufächelte, war um nichts kühler als die dumpfe Luft im Raum.

Nana ließ das Fächeln denn auch wieder und hielt stattdessen Merthe den Katalog hin. *Habt ihr euch denn schon Ge-*

danken über eure Kostüme gemacht, du und Papa? Er wird doch vor Helloween hier sein?

Ich - denke schon. Das Zögern entging Nana nicht.
Merthe stand auf: *Ich hab die Waffeln vergessen…*

Es dauerte eine Weile, bis sie wiederkam. Im Türrahmen blieb sie abrupt stehen, irritiert durch zwei Töne, einer hoch, sirrend, der andere tief und grollend.
Iris, was ist das?
Iris verstand nicht.
Diese Töne… Weiter kam sie nicht. Die Türschwelle, auf der sie stand, schwankte, die Deckenlampen schaukelten, die Bilder pendelten an ihren Haken, der Teewagen rollte auf sie zu, der kleine Riss an der Wand neben dem Nordfenster wurde größer. Etwas splitterte. Miss Betzi drängte sich an sie und winselte.

Erdbeben! Raus hier! schrie Nana auf und wehrte sich heftig gegen Iris' Hand, die ihren Arm festhielt, sie mit sich unter den Esstisch zog.
Lass mich! Ich will raus!
Doch Iris blieb gelassen. *Nein. Bleib. Der Tisch schützt uns, und deine Mutter ist unter dem Türstock sicher.*

Merthe hätte sowieso keinen Schritt tun können. Ihr Körper war schockkalt, zugleich machte ihr die Hitze das Atmen schwer.

Als Iris endlich ihren Arm losließ, hielt Nana sich die Ohren zu. Das Mahlen und Schrammen der Holzwände ängstigte sie. Plötzlich stand Spotty vor ihr, jaulte, fletschte die Zähne und schnappte nach ihrer Hand. Nana merkte es kaum.

Dann war es auch schon still.

Komm, Nana, es ist vorbei. Iris robbte unter dem Tisch hervor. Froschmaske und Perücke hingen noch in ihrem Haar. Sie streifte sie ab, packte sie in ihren Backpack und fischte ihr Handy aus der Seitentasche. Eine gespeicherte Nummer wählte sich, während Iris weiterredete: *Vorläufig jedenfalls. Es werden Nachbeben kommen…* Dann, das Handy zwischen Schulter und Ohr geklemmt: *Hi, Mum, alles o.k., ich bin in einer Stunde zuhause.* Und wieder an Nana gewandt: *…aber die werden mit jedem Mal schwächer.*

Merthe stand noch auf der Türschwelle. Mechanisch wiederholte sie Iris' Worte: *Komm, Nana, es ist vorbei!* Ihr Mund war trocken, ihre Stimme klang seltsam hell. Aber die Beine gehorchten ihr wieder. Sie ging zum Tisch, hockte sich daneben, streckte Nana die Hand hin. Sie zitterte.

Nana übersah Merthes Hand und schluchzte. *Du hast ja auch Angst. Papa! Wo ist er? Warum ist er jetzt nicht hier?*

Papa kommt bald. Merthes Timbre war noch nicht wieder das alte. *Du weißt doch, es ist eine Menge zu ordnen, wenn man sein Zuhause für zwei Jahre mit einem anderen tauscht.*
Und damit beeilte Merthe sich, den Raum zu verlassen. Toms Worte, ihrer beider Stimmung während des letzten Telefongesprächs, waren ihr, zum wievielten Mal?, wieder präsent:

Er: *Es kann noch dauern…*
Sie: *Wir müssen miteinander reden…*
Er: *Worüber?…*
Sie: *Über uns…*
Er: *Lass mir Zeit. Ich melde mich…*

Das Telefon schnarrte. Iris hob ab und hielt Nana, die zögernd unter dem Tisch hervorkroch, den Hörer entgegen.
Habt ihr euch sehr erschreckt? Alles in Ordnung bei euch? fragte Merthes Schwester Marit besorgt.
Ja. – Und bei euch?
Viel Bruch im Laden! Brandy, Wein, Sirup… Überall Glasscherben. Wir haben während des Bebens versucht, so viele Flaschen wie möglich in den Regalen zu halten, leider ziemlich erfolglos. Jim und Bob sind schon mit Eimern unterwegs. Ich schaue später bei euch rein. Bis dann.
Aufgelegt.

Gleich darauf schellte die Haustürglocke. Nachbar Bernie war's: *Merthe, Nana, ängstigt euch nur nicht, das Feuer ist weit weg. In Inglewood. Informiert euch auf TV-Kanal 30 über die aktuelle Lage. Sonst alles in Ordnung? Wenn ihr Hilfe braucht, ruft uns, ja?*
Weg war er.

Ehe Iris ging, umarmte Merthe sie: *Danke, Iris. Deine Besonnenheit hat uns sehr geholfen.*
Nana sah der Freundin von der Tür aus nach.

Kanal 30. Inglewood life. Schonungslose Sicht aus Übertragungswagen und Helikoptern auf zerstörte Häuser und Straßen. Berichte über Hilfsaktionen, Fluchtwege, Evakuierungen. Menschen, die ihnen Wichtiges in Autos packten. Kinder, die Plüschbären umarmten und Spielzeug schleppten. Haustiere, die in Autos und eilig gepackte Wohnwagen gesperrt worden waren und an den Fenstern kratzten.

Es wurde nicht dunkel in dieser Nacht. Wirre Schatten jagten über die Schlafzimmerwand. Überlaut tönten die Signale von Löschzügen vom nahen Venice Boulevard herauf. Merthe schlief nicht. *Ich habe versagt,* ging es ihr durch den Kopf. *Nana hat meine Angst gespürt.*

Und wieder bewegte sich der Boden, das Bett. *Noch ein Nachbeben! Wie viele wird es geben? Fünfzig? Hundert? Mehr?*
Merthe hätte schreien mögen.

Das Feuer ist weit weg, machte sie sich klar. Kanal 30 fiel ihr ein, sie hetzte ins Wohnzimmer. Nun brannte es auch im Norden, am Rand von Beverly Hills. Bilder wie nachmittags schon. Die Szenen glichen sich, nur dass Merthe meinte, in manchem Gesicht ein bekanntes zu erkennen.

Lauter als am Tag, schien es Merthe, schrillte das Telefon, und Tom schrie ihr über sechstausend Meilen seine Erleichterung ins Ohr: *Dem Himmel sei Dank! Ihr seid in Sicherheit!*
Ja, Tom. Seit dem Erdbeben brennt es in Inglewood und jetzt auch in Beverly Hills, aber du kennst ja die Entfernungen hier. Übrigens - woher weißt du ...?

Ich hab's gerade in den Nachrichten gehört. Es hieß: ganz Los Angeles brennt.

Einen Augenblick lang schwieg er, ehe er weiterredete: *Merthe, hier ist alles geregelt. Ich komme Donnerstag um 11:55 Uhr in LAX an.*

Stille.
Befangenheit hier wie dort.

Dann, endlich: ... *Unsere zweite Chance ...*

STURMNACHT

Ich muss gehen. Vor der Haustür empfängt mich Sturm, zwingt mich zwischen Häuserreihe und Flussbett, drängt mich zurück, peitscht mich, streichelt mich, droht mir mit langen Molldissonanzen. Ich bleibe stehen, höre dem Sturm zu, sehe mit geschlossenen Augen meergrau-sternweiß-silbergrün.

Da drückt mir eine Böe die Angst in den Rücken, schüttelt mich, treibt mich vor sich her, schrillt mir in den Ohren; ich höre nicht, dass niemand mir folgt. Ein Windstoß spielt mit einem weißen Kartonstück, bis es sich in Birkenruten verfängt.

Der Sturm hat mir die langen Haare auf dem Hinterkopf gescheitelt. Durch die verwehten Strähnen glaube ich, ein Spukgesicht in der Kopfweide am Ufer zu sehen. Der Duckdalbe gegenüber scheinen Arme zu wachsen. Ich laufe, renne Trugbildern, Tönen und Farben davon, und ich weiß,
      irgendwo stirbt jetzt ein Baum.
    Irgendwo stirbt jetzt ein Mensch.

Und wer und was stirbt, wenn die Krähen sich sammeln? Vor der Dämmerung überschattete sie das Feld, die schreiende, wogende schwarze Wolke, die vor der milchweißen Sonne in ziehende Nebel tauchte.
In leeren Zweigen hockte stumm die Nachhut.

Eine neue Böe stößt mich unter Silberweiden. Die Äste dreschen über mir, wiegen, mahlen. Holz knackt.
Wo sind die Vögel?

Ich stelle mich dem Sturm, der mich umlispelt und umfaucht, erkämpfe mir meinen Atem. Über mir, über dem Sturm, über der Angst, über dem Tod, nahe wie nur in Sturmnächten, weiß ich den Großen Wagen. Ich möchte einsteigen. Mit dir.

Wenn es morgen endlich still sein wird,
wenn Schnee fällt, der zuerst weiß sein wird und unversehrt,
wenn später Füße schwarzbraune Abdrücke in den Weg getreten haben werden,
sind wir längst über den Stürmen und Ängsten,
über uns und dem Tod
und sehen statt der Spuren,
statt entwurzelter Bäume
nichts als den weißen Mantel –
und vielleicht
die Krähenwolke.

D
 A
  S

 Z
  I
   E
    L

  ?

GEH IN DICH . . .

. . . hieß es, als ich noch nicht wusste wie. Und keiner war da, der mich in mich eingewiesen hätte. Also war ich außer mir, freute mich, täuschte mich, erfreute und enttäuschte andere, und meine Fragen blieben bis auf: *Geh in dich!* ohne Antwort.
Ich genügte mir nicht einmal mehr zum Schein.
Und den Anderen? Die mich trotzdem mochten, übten Nachsicht.
Dem Rest war's egal.

Ich befragte einen Freund (*du kannst immer mit allem zu mir kommen…*). Auch er sagte: *Geh in dich!*
So kam ich nicht weiter.

Also machte ich mich, zaghaft, auf die Suche nach einem Weg in mich, suchte neben mir, über mir, an mir vorbei, durch mich hindurch und - stand wieder außer mir.

Mit diesem Misserfolg blieb ich lang allein,
zu feig zu weiterem Fragen,
zu bang vor einem neuen Start,
zu ängstlich vor folgenden Fehlschlägen.

In sich den Frieden suchen, wie macht man das? So, wie man in sich geht?
Außer mir, in mir hatte ich Krieg gesät, und ich fand den Frieden nicht.
Weil suchen allein nicht genügt?

Ich befragte den Freund aufs Neue, erhielt die bekannte Antwort, wurde zornig, schlug das Kreuz, und als auch das keine Antwort für mich hatte, brach ich mit ihm.

Doch meine Ängste mehrten sich vor Tag, Nacht, Liebe, meine Traurigkeit wuchs um gestern, morgen, um die Welt. Der Berg zwischen mir und mir wurde höher und höher, und gnadenlos schwiegen die Freunde.

Schließlich wagte ich noch einmal einen Versuch, ging Wege, lang und wirr, ging Irrwege, umsonst oder nicht und stand - endlich - in mir, verwundert und fremd noch, doch ich blieb.

Da sagte der Freund ungefragt: *Wir haben uns viel zu sagen.*

GAR MANCHER MIME . . .

. . . zieht sich sehr viel weiter aus als bis aufs Hemd.
Er zieht sich aus mit Lust und häutet sich mit jedem Wort,
mit jeder Geste, jedem Blick, und badet, nackt bis in die
Seele, vor Publikum im grellen Licht.

Allmählich wird der Andere ihm Haut und Puls und Blut und
Atem –
bis er ihn wieder abstreift, widerwillig oft,
und wartet,
eingehüllt in den Applaus,
bis seine eigne Haut ihm wieder passt.

ZEITBETRACHTUNG

Seltsam, ich weiß nichts, was mir kostbarer wäre als Zeit, aber ich teile sie ein, schneide sie ab, vertreibe sie und halte mich für zeitgerecht, denn ich gehe mit ihr.
Aber: gehe ich gerecht mit ihr um?

Ich mache mich abhängig von ihr, frage: *Wie spät ist es?* Warum 'wie spät'? Hat 'spät' nicht etwas von Endzeit? Warum frage ich nicht: *wie früh…?* Oder: *welche Zeit ist es?* Das ließe alles offen.

Ich mache mich auf die Suche, suche den Raum, in dem ich meine 'rechte' Zeit finde, kann ihn nicht orten, treffe dafür auf Begriffe wie 'zu jeder Zeit', 'von Zeit zu Zeit': fragwürdig geworden und immer schwerer zu definieren, seit ich mit dem rein chronometrischen Inhalt nicht mehr zufrieden bin.

Ich tauche in Worte wie 'Zeitpunkt', 'Zeitnahme', 'Zeiterfassung' ein, weiß, dass die Zeit mir stets voraus ist. Weder der Punkt wird sie je festhalten können noch ich, indem ich sie nehme, erfasse. Ich spreche von 'alten Zeiten' und beginne, an dem Plural zu zweifeln.

Eine Zeit lang sah ich mein Leben als langzeitgeplant. Jetzt frage ich: *Wie lange währt Zeit?* und meine, ich brauche viel mehr davon. Ich kann Zeit nicht mehr endlos empfinden, messe an ihr meine Zeit, deute 'für alle Zeit' neu.

Noch ziehe ich einen vergleichsweise unendlich langen Augenblick der in Hundertstelsekunden zermessenen Zeit vor und den zeitgleichen Herzschlag mit deinem, wenn es das gibt. Noch…

Wir befördern die Zeit ins All, wissen, dass die Zeit im Universum eine veränderliche Größe ist.

Die Erdzeit haben wir festgeschrieben, haben uns damit verdammt zum ewigen Vorwärtseilen, wofür die Zeit sich rächt: sie presst uns zeitlebens in Schemen, bindet uns, knechtet uns. Wir entkommen ihr nicht.

Oder halten wir die Zeit in unserer Hand?

NIMM DIR ZEIT
Szene aus dem Bühnenstück *AB MORGEN BLEIBT ALLES BEIM ALTEN*

Gib mir Zeit, sagt er.
Nimm dir Zeit, sagt sie und greift ins Leere, streckt ihm die offene leere Hand hin:
Hier, nimm…

Er: *Du gibst mir, was du nicht hast.*
Sie: *Ich glaube, ich habe Zeit, ich habe noch viel davon, so viel, dass ich dir einen erheblichen Teil meiner Zeit schenken kann.*
Er: *Wieviel?*
Sie: *So viel du brauchst.*
Er: *Das schränkt mich ein.*
Sie: *Gut, so viel du willst.*
Er: *Behalte deine Zeit, ich habe selbst noch welche.*
Sie: *Wo?*

Er greift ins Leere, streckt ihr die offene leere Hand hin: *Hier…*

Sie: *Ich geb dir gern von meiner Zeit. Ich hab noch so viel.*
Er: *Vielleicht.*
Sie: *Ja, vielleicht. Wahrscheinlich sogar. Und ich will nicht mehr Zeit haben als du. Ich will, dass wir gleichgehen.*

Du meinst unsere inneren Uhren, sagt er und hämmert sich mit der Faust auf die Brust.

Sie: *Nimmst du meine Zeit an?*
Er: *Gemeinsam hätten wir ein Meer aus Zeit. Ein grenzenloses Reservoire…*
Sie: *Hier. Nimm…,*

und sie streckt ihre leere Hand seiner leeren Hand entgegen…

VERSUCH EINES TRAUMPROTOKOLLS

Jene Straße, jenes Haus, jene Menschen begleiten mich seit einem frühen Traum. Es ist unwahrscheinlich, dass ich irgendwann diese Straße entlanggehe, dieses Haus betrete, und doch erkannte ich in Straßen und Häusern in Naarden, Culver City oder Naantali meine Traumstraße, mein Traumhaus, als ginge ich wieder...

Ich gehe die Straße entlang auf das Haus zu. Die Häuser links und rechts hinter Zäunen und Hecken weiß ich, aber ich sehe sie nicht. Sie sind unwichtig. Wichtig sind nur die gerade Asphaltstraße und an ihrem Ende das Haus. Und seine Bewohner. Mit jedem Schritt, jeder Berührung meiner Füße gibt der Asphalt meiner Haut, meinem Hirn den Impuls: du gehst nachhause, du wirst erwartet...

Die Straße wird schmal. Sie endet nicht vor der Haustür, die immer offen steht, wenn ich ankomme; sie verschmilzt mit der hohen Schwelle, zieht sich durch den lichten Raum, der keine Schatten kennt.

Ich betrete das Haus.
Wärme.
Nähe.
Geborgensein.

Mit innigen Umarmungen werde ich willkommen geheißen. Von dem kleinen rothaarigen Jungen, dem wie immer der Schalk im Nacken sitzt. Von den beiden Frauen, die eine lebhaft, gesprächig, die andere weise, still. Und von dem grünäugigen blondbärtigen ein wenig schüchternen Jüngling und dem Mann mit dem schütteren weißen Haar über dem Knittergesicht, über dessen junge Augen ich mich bei jeder Begegnung aufs Neue wundere.

Diese Menschen, unverwechselbar, unveränderbar, unverletzbar, sind mir aus vielen vorherigen Träumen urvertraut. Sie reden ohne Stimmen und doch verstehe ich sie.

Es ist gut. Wir sind bei dir,
höre ich von irgendwoher und gehe weiter in den Raum hinein, der höher wird und breiter, dessen Wände sich zu wölben beginnen, der allmählich zur Grotte wird.

Hier will ich verweilen,
nein, fliehen, entkommen,
und weiß doch,
dass ich bleiben werde.
Der Sog der Frau in der Mitte der Grotte ist stark.
Sie hüllt mich ein,
wird mir Schoß und Kerker,
Eihaut und Strang,
und ich werde Fötus,
Embryo,
Zelle,
nicht geborenes Ich.

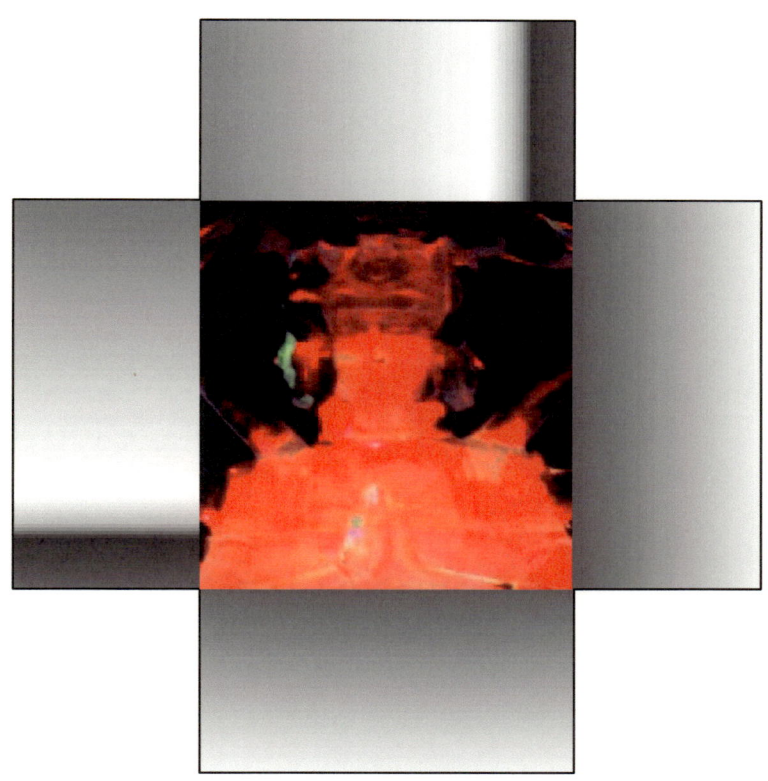

MARIO UND JOSEPHINE

Das Meer ist unser Orakel.
Es weiß, wie viel Zeit und Kraft uns gegeben ist.

Dieser Nordwind! Wir hätten nicht hierherkommen sollen, sagte er laut in eine Böe, die an seinem Haar, an seinem Schal zerrte.

Seit dem Barbaratag fror es. Ungewöhnlich für die Insel. Jetzt, drei Wochen später, in den frühen Nachmittagsschatten von Hecken und Bäumen, lag Reif, der die Schafe nicht kümmerte.

Es ist gut, hier zu sein, dachte sie in das Flirren des Reets, ging die wenigen Schritte, die er ihr voraus war, schneller, steckte ihre Hand zu seiner in seine Manteltasche. Sie folgten gefrorenen Traktorspuren auf dem schmalen geraden Weg zwischen Pferchen und Gräben, blieben an schiefen Zäunen stehen, um Pferden und Mauleseln die Köpfe zu streicheln und schwiegen wieder bis auf sein: *Wir sind nicht mehr jung…*

Sie löste sich, tauchte tiefer in ihren Mantel, ging ihm voraus. Nach einer Weile fragte sie nach hinten: *Pfahl 17?* Er antwortete nicht, hatte sie wohl nicht gehört. Sie blieb stehen, bis er sie eingeholt hatte: *Pfahl 17?* Er nickte, ließ sie sich anlehnen, umarmte sie, kurz nur. *Wir könnten es nicht lang genug begleiten!* Der Wind, der heftiger und kälter wurde, nahm seine Worte über Sträucher und Weiden mit landwärts. Und aus dem Wind wurde Sturm.

Den Weg vor der Westdüne kürzten sie über Nick Mollemans Schafweide ab. Die Tiere blökten hinter ihnen her.

Er gab ihr die Hand, half ihr, wenn sie auf ausgetretenen eisigen Holzbrücken die Gräben überquerten, die Schaf- und Rinderweiden trennten.

Bei Pfahl 17 kämpften sie sich gegen den Sturm, der ihnen fast den Atem nahm, an der Flutgrenze entlang.
Manchmal sahen sie einander an und wünschten, die schillernde Ölspur nicht gesehen zu haben, die sich bis zur Vordüne zog. Und den Hund, der die Lefzen vor dem fetten gräulichen Schaum hochzog, den die See statt Gischt immer neu auf den Sand lagerte. Und den Jungen, der eine tote Qualle in die Wellen zurückkickte. Und die Möwen und Strandläufer, die im Sand und auf Fischerpfählen hockten und ihre klebrigen Flügel säuberten.
Sie rochen weder Brack noch Tang.

Er schüttelte den Kopf. *Wir haben nicht genügend Zeit und Kraft, dagegen anzukämpfen, geschweige ...*
Wir geben ihm die Kraft, sagte sie bestimmt,
und sie umarmten einander, schweigend, brauchten Zeit, einmal mehr das vorgedachte Nein zu überdenken, ein Ja neu dagegen abzuwägen.

Da fielen Sterne vom Himmel. Es schneite. Ungewöhnlich für die Insel. In der frühen Dämmerung, als Strand und See und Horizont Eins wurden, ließen sie sich vom Sturm auf den Weg durch die Dünen zurücktreiben,
hinterließen Spuren im schneeigen Sand,
die aus dem Meer zu kommen schienen,
aus dem schon immer das Leben kam.

D
 E
  R
 S
  I
   N
    N

  ?

DER LUMPENPUPPENMANN

Er war schon in meiner Kindheit alt. Ich weiß noch, wie er aussah: klein, schmal, Furchen quer und längs vom Haaransatz bis unter das Kinn, graue Augen, die Habichtnase und die Ohren groß, dunkles, graudurchzogenes Haar unter dem Käppchen, das er immer trug. Ich erinnere mich, wie sein Spitzbärtchen wippte, wenn er sprach, ich weiß noch, wie er saß, wie er sich hielt, wenn er auf seine Holzkrücken gestützt an der Brüstung lehnte und in die Strudel der Amstel sah.

Wenn meine Mutter mit mir in den Park auf der anderen Flussseite ging, saß er auf der steinernen Bank im Halbrund der Brückenkanzel. Er saß da mit dem Rücken zum Fluss. Die Krücken lagen unter der Bank, als sei er hier zuhause und brauche sie erst später wieder, zum Ausgehen. Immer stand der henkellose Korb mit dem tauumwickelten Rand neben ihm. Die Träger waren aus ungleich dicken Stricken, so konnte er sich den Korb auf den Rücken binden, um die Hände für die Krücken freizuhaben.

Aus dem Korb zauberte er oft wunderliche Schätze: Muscheln und Lumpen, Glasscherben, Strohhalme, kleine Steine und Stöckchen, Tonsplitter, Fäden, ein hartgestempeltes Stempelkissen.

Wir Kinder liebten unseren Lumpenpuppenmann. Auf unseren Spaziergängen drängte ich meine Mutter immer ungeduldig über die Kreuzung auf die Brücke, und immer standen Kinder bei ihm, und auch Erwachsene hörten ihm zu, auch sie gespannt auf das Ende mancher Geschichte.

Wenn er anfing, aus den Lumpen sorgfältig ein ganz besonderes Stück für diesen ganz besonderen Tag auszuwählen, wenn er dann behutsam eine Kugel daraus formte, begann er zu erzählen. Und wenn aus der Kugel ein Kopf geworden war mit lachendem Riesenmund und spuckestempeltintenblaublassen Grübchen oder tief nach unten gezogenen Mundwinkeln und Muschelsplittern als Tränen unter den Augen, kannten wir bereits der entstehenden Puppe Vorleben, Vorlieben, Launen und Träume. Und wenn er ihr dann noch den Lumpenumhang anzog, graubraun, grüngrau, schwarz oder auch bunt - fleckig alle - war sie für uns lebendig. Für ihn lebte sie erst, wenn er von einem imaginären Brot in seiner Hand ein Stück abgebissen und es der Puppe aus seinem leerkauenden Mund gereicht hatte.

Sie waren lieb oder trotzig, seine Puppen, verlegen, einsichtig oder neugierig. Sie schwindelten, besannen sich, kicherten... Sie waren wir!

Ich sagte es schon: wir Kinder liebten unseren Lumpenpuppenmann. Seiner Puppen oder seiner Geschichten oder seiner lächelnden Augen wegen?
Oder weil er, bevor er vor dem Abend aufbrach, niemand wusste wohin, seine Puppen an uns Kinder verschenkte?

Die Puppe, die er mir eines tiefverhangenen Herbstnachmittags in den Arm gelegt hatte, hat den Krieg oder die Turbulenzen danach nicht überlebt.
Oder - vielleicht doch?
Ich glaube, in jeder späteren Puppe, in jedem Zwiegespräch, das ich in sie hineindachte, lag ein wenig Erbe von dieser schmuddeligen, geliebten, lange betrauerten Puppe.

Erwachsen, zog ich fort aus meiner Stadt. Die Erinnerung an den Lumpenpuppenmann zog mit. Seine Stimme, sein Lachen, seine Geschichten und die Gesicher seiner Puppen, deren jede eine ganz bestimmte Stimmung in sich trug, Sonne, kühlen Wind und Bootssignale oder das Brüten, die laute Stille, ehe ein Sturm losbrach, blieben abrufbar, waren heimelig, konnten trösten.

Wieder damals: Da kam die Zeit, in der meine Mutter immer seltener, schließlich kaum noch mit mir über die Brücke ging. Ich verstand ihre Erklärungen so wenig wie ihr Schweigen, verstand auch nicht, weshalb sie mit mir eines Tages nur widerstrebend bei der Bank beim Lumpenpuppenmann stehen blieb, mich hastig weiterschob. Unverständlicher noch, dass wir Tage danach die südlicher gelegene Brücke über den Fluss nahmen, um dann wieder nach Norden, in Richtung Park, zu gehen.

Dann kam der Tag, an dem schon von der Kreuzung aus zu sehen war, dass niemand auf der Bank saß. Von nun an gingen wir wieder unseren gewohnten Weg. Die Bank blieb leer, und unsere Spaziergänge wurden immer seltener. Und jedes nächste Mal - immer an der leeren Bank vorbei - kamen wir weniger weit, oft nicht einmal bis zum Brückenende, ehe es heulte und dröhnte in der Luft. Dann nahm mich meine Mutter auf den Arm und rannte mit mir von der Brücke, über die Kreuzung, ins Haus. Im Keller vergaß ich vor Angst und Verwirrung, mir über den Lumpenpuppenmann Gedanken zu machen.

Irgendwann, viele Kellertage später, saß er plötzlich wieder da, noch schmaler, grau nicht nur die Augen, sterngezeichnet - und machte wieder Puppen. Die wurden ihm immer ähnlicher, und bald waren sie wie er, und ihr Schicksal war seines und das der Seinen. Niemand blieb mehr bei ihm stehen, und seine Puppen wollte auch keiner mehr. Da warf er sie, bevor er abends fortging, in den Fluss.

Manchmal sang er dann, laut erst, zum Ende hin leiser, kaum noch verständlich:

> *Und er sah sich nicht um*
> *und er hörte den Möwenschrei,*
> *Brandungsgebrüll*
> *und Knirschen im Sand.*
> *Er besah sich den Fluss*
> *und kroch dann zum Ufer*
> *und schrie in den Wind:*
> *Halt mich nur nicht auf...'.*

Seine Krücken lehnten am Ende der Bank.

Griffbereit.

EIN STÜCK BROT

Schnee, nur in den Vorgärten weiß, hat über Nacht noch einmal die Krokusse zugedeckt. Und die Forsythien. Über den Zaun an der Bushaltestelle hängen ein paar Zweige. Die Blüten sind zerknautscht, das Gelb ist wässrig. Es taut schon wieder. Die Tropfen stanzen wirre Lochmuster in den graubraunen Matsch.

Der Mann hätte Zeit, dem zuzusehen. Stattdessen fixiert er den Weidenkätzchenstrauß mit bunten Eiern an gelbgrünen Bändern im bauchigen Steingutkrug in der Auslage des Optikerladens gegenüber, betrachtet dann angelegentlich seine teuren Stiefel. Er tritt ein paar Mal auf der Stelle, bespritzt seinen hellen Mantel mit Schneewasser. Vom Forsythienstrauch tropft es ihm auf die Schultern. Er schaut auf seine Goldarmbanduhr und, merklich ungeduldig, die Straße entlang.

Allmählich sammelt sich Volk an der Bushaltestelle: die junge Frau mit dem Zwillingsbuggy, die sich umzusehen scheint, wen sie beim Einsteigen um Hilfe bitten könnte; das schweigende ältere Paar; der Junge, der seine rote Mütze in die Manteltasche steckt, weil er sich den Frühling wünscht; die alte Frau, die einen leeren Jutebeutel in der zitternden Hand hält. Der Mann starrt an ihr vorbei. Da steht sie plötzlich neben ihm, flüstert ihm etwas zu, sieht ihn nicht an. Er ist nicht sicher, verstanden zu haben: ... ein Stück Brot ...?
Ein – was?
Ein Stück Brot, bitte. Oder 50 Pfennige, nur 50 Pfennige –

Der Mann schaut sich nach den anderen Wartenden um, fürchtet belächelt zu werden, wenn er jetzt zum Portemon-

naie greift, weil sie der Bettlerin wohl auch schon auf den Leim gegangen sind.
Nein. Nein. Hab ich nicht, wehrt er die alte Frau ab.
Die zieht die Schultern hoch, geht, den Kopf gesenkt, über die Straße davon.
Der Mann versucht, in den Gesichtern der Umstehenden zu lesen. Niemand hat Notiz genommen.

Als der Bus kommt, bittet die junge Frau den Fahrer, ihr mit dem Kinderwagen behilflich zu sein. Der Fahrer unterdrückt schlecht einen Fluch, steigt aus, stemmt den Buggy durch die breite Mitteltür, überhört ihren Dank, steigt wieder ein, sieht in den Spiegel, schließt die Türen, fährt an.

Der Mann atmet auf, die Verzögerung hat das Erlebnis mit der alten Frau zugedeckt. In Gedanken rekapituliert er die vorgenommenen Ostereinkäufe. Im Zentrum steigt er aus.

Brüder, Schwestern - hört er aus der Mitte einer Gruppe nahe dem Brunnen predigen. *Liebt euren Nächsten – dann liebt Er auch euch!*
Der Mann drängt sich an der Gruppe vorbei, hetzt über die Straße.

Im Kaufhaus stürmt er die Rolltreppen hoch, betritt das Restaurant in der 7. Etage, nimmt an einem kleinen Tisch Platz. Der Ober legt gerade die Mittagsspeisenkarte auf, bleibt neben dem Mann stehen, wartet. Der Mann bestellt, bekommt sein Bier, trinkt den ersten Schluck. Er bekommt sein Menü, genießt die ersten Bissen.

Ein Kind beginnt zu weinen. *Sie hat Hunger,* hört er.

Ein Stück Brot, bitte. Oder 50 Pfennige
Der Mann erschrickt. Die alte Frau ist wieder da.
Der Braten wird fad in seinem Mund.
Er schaut auf, aber da ist keine alte Frau.

Die Musik, die er bisher überhört hat, stört ihn plötzlich. *Tod, Teufel, Sünd' und Hölle…* Er sieht sich nach Lautsprechern um, kann keinen entdecken.

Am Nebentisch wird das Kind gefüttert. Es hört auf zu weinen. *Sie hatte Hunger…*

Der Mann häuft in Soße getunktes Kartoffelgratin auf seine Gabel. *Eigentlich …*, sinniert er, *… ihre Kleidung war sauber, wenn auch einfach. – Vielleicht …* Nein, er will nicht weiter darüber nachdenken. Er nimmt einen Happen Spargelspitzen, einen Bissen vom Braten, vom Gratin.

Ein Stück Brot, bitte!

Kartoffelscheibchen fallen von seiner Gabel, Soße spritzt ihm auf Krawatte und Hemd. Er flucht, legt das Besteck unsanft zur Seite, springt auf, greift im Gehen nach seinem Portemonnaie, drückt dem Ober im Vorbeihasten vier Zehnmarkscheine in die Hand. Der ist's zufrieden.

Der Mann drängt zum Lift, vergisst die Einkäufe. Er will hinunter, hinaus, weg von der Musik und von Worten wie Hunger und Brot.

Draußen, unter den Arkaden, wird er von der Masse erfasst, geschoben. Er muss sich treiben lassen, gerät in den

Kreis um die Straßensänger, die am anderen Ende des Platzes singen: *Tod, Teufel, Sünd' und Hölle sind ganz und gar geschwächt....*

Brot bitte ...

Sie hat Hunger ...

Liebe deinen Nächsten ...

Brot ...

Liebe ...

Die Sänger haben geendet, wünschen: *Frohe Ostern!*

Am Ende der Arkaden stolpert er über den Bettler, der schweigend, mit stierem Blick, an einer Säule auf dem Boden kauert.
Den Mann ekelt vor dem Elend, dem Dreck, dem Gestank.
Er kann kaum atmen.
Er kann die Augen nicht schließen.
Er kann nicht weitergehen.
Er spürt das Portemonnaie in seiner Hand.
Er zögert.
Langsam nimmt er einen Geldschein heraus.
Langsamer noch bückt er sich vor dem Bettler
und legt ihm
den Schein,
zusammengefaltet,
in den Schoß.

DIE MASKE DER STILLE

Sie hatte sich im Museumspark müde gewandert, setzte sich neben mich auf die Bank, murmelte etwas im Reimrhythmus einer Sprache, die ich nicht verstand. Dabei wiegte sie eine tönerne Hand in ihren Händen, legte sie schließlich zwischen uns. *Eine Handmaske,* flüsterte sie. Ich hatte sie nichts gefragt.

Ich kenne das Museum vom Keller bis ganz oben, wandte sich die Fremde mir wieder zu. *Ich habe bis zu meiner Pensionierung hier gearbeitet. Ich komme noch oft hierher.*

Da hörte ich hin, sah sie aufmerksamer an, sah in ihren dunkelbraunen Augen helle Sprenkel, das Mal zwischen den Brauen, das kurze, glatte, graue Haar, die hohen Wangen, die breite Nase, sah die schmalen langgliedrigen Hände, die unenglisch dunkle Haut, ihre Haltung, als trüge sie jede Last auf dem Kopf.

Wie lange leben Sie schon in England? wollte ich wissen.
Sie lächelte: *Dieses ganze Leben lang.*

Wind kam auf, milderte die Stadtschwüle. Vom Straßenfest jenseits der Ziermauer tönte Lärm herüber, wehte Grillrauch durch Schmiedeeisentor und zu Kugeln verschnittene Sträucher.

Diese Maske stammt aus Afrika, redete die Fremde weiter. *Wie der Reim: Hand vors Herz / Maske vors Hirn / Hand vors Gesicht / siehst mich nicht.*
Verstehen Sie? Er sagt sehr viel, nicht wahr?
Handmasken sind Urmasken. Wo ich auch lebte, überall gab es sie. Dies, und damit streichelte sie ein paar Mal

über den rauhen Ton, *ist die ‚Maske der Stille'.*

Sie sind weit gereist? fragte ich verwirrt.

Nein, nein! Nicht gereist. Ich habe an verschiedenen Orten in unterschiedlichen Kulturen gelebt, jedes Mal mein Leben lang.
Schade, fuhr sie nach längerem Schweigen in meine Gedanken hinein ernst fort. *Hier besitzen die Menschen keine Masken und doch kommen sie nicht ohne sie aus. Sie tragen sie um ihre Herzen, um die Gehirne, unter der Haut. Sie erkennen die Masken nicht mehr. Nicht die eigenen und nicht die der anderen. Sie halten sie für ihr Gesicht.*
Schade, sagte sie noch einmal. *Sie wissen nichts mehr von der Kraft der Maske für ihr Herz, für ihr Hirn…*

Sie nahm die Maske wieder auf, hielt sie sich vor die Brust, vor die Stirn, vor die Brust…, wiederholte: *… fürs Herz, fürs Hirn, fürs Herz…* Dann stand sie auf, lächelte mir noch einmal flüchtig zu, hob die Maske vor ihr Gesicht und ging.

Hier ist sie! riefen zwei Museumswärter, hatten sie eingeholt, noch ehe sie das hohe weit offene Tor mit den zwei vergoldeten Kronen erreicht hatte. Der eine nahm behutsam die Tonhand an sich, übergab sie dem Kollegen.
Sie wandten sich um.
Die Fremde war verschwunden,
das Straßenfest in vollem Gang.

OBWOHL ES DRAUßEN BLÄTTER REGNET

Übermorgen hat ihre Mutter Geburtstag. Sie hat eine Karte gekauft, hat sich mit dem Auswählen zwischen Rosengebinde, Popart und Fantasiestrichelei schwer getan, entschied sich für eine Birke, gezeichnet. Die jungen Blättchen eben erst im Werden. Frühling angedeutet. Obwohl es draußen dorre Blätter regnet.

Ich habe die Karte eigentlich für mich gekauft, fällt ihr auf dem Nachhauseweg ein. Frühlingsbirken, die im Garten ihres Elternhauses, waren schon im Internat ihr Heimwehobjekt, waren später ihr Sehnsuchtsbaum zwischen Palmen und Wüstenkakteen.

Diese Karte muss auch ihrer Mutter etwas sagen.

Die Birken im Garten treiben, hatte ihr die Mutter früher ins Internat geschrieben. Dieser Satz, jedes Jahr einmal in einem Brief im Vorfrühling, sagte ihr: *Ich denke daran, wie gern du jetzt die Birken sehen würdest.* Hieß das auch: *Ich würde dich, gerade jetzt, gern bei mir haben?* Und sie konnte sich die Unendlichkeit zwischen Januar und den Osterferien nicht von der Seele weinen.

Sie legt die Birkenkarte auf ihren Schreibtisch. Bis zum Abend will sie wissen, mit welchen Worten sie ihrer opfersüchtigen, liebegierigen Mutter Glück wünschen kann.
Herzlichen Glückwunsch?
Alles Liebe?
Das eine ist zu unpersönlich, zu oft schon gesagt, geschrieben. Auch an fast Unbekannte.
Das andere? Das wünscht man einem, den man nie verlieren darf. Und einer Mutter, die man lange vor dem Gebo-

renwerden an ihre Trauer um ihr eigenes Leben verloren, die an der Folter ihrer jungen Jahre Tag um Tag ein wenig mehr zugrunde geht? Was wünscht man ihr?

Ich wünsche dir Glück, denkt sie beim Müll raustragen. *Und Gesundheit natürlich.*

Was immer ich dir wünsche, du wirst es von mir nicht annehmen, denkt sie beim Abwasch.

Verdammt...! – Ich wünsche dir – wünschte mir... – und weiß nicht weiter. Sie versucht, sich ihre Wünsche – damals – vorzustellen. Und sie erinnert sich an ihren Wunsch nach Getröstetwerden, Umsorgtsein, lachen mit der Mutter und bei ihr sein. Damals.

Diese Wünsche sind gestorben und begraben! denkt sie.
Wirklich?
Nein!
Ich will nichts gutreden und nicht um unsere Nichtbeziehung weinen, denkt sie und weint wie nicht in ihren Kindertagen.
Ich hatte sie nicht, unsere Beziehung.
Sie auch nicht.
Man hat ihr die Liebe genommen, ehe sie sie hätte leben können.
Ich wünsche dir Liebe, denkt sie.

Am Schreibtisch dreht sie die Karte um und um und schreibt schließlich ihrer Mutter Namen und Anschrift auf die Linien – nach einer langen leeren Pause schnell auf die andere Hälfte: *Alle Liebe! Deine...* Unterschrift!

Beim Zähneputzen nimmt sie sich vor, die Karte nicht abzuschicken. *Sie versteht sie nicht. Versteht sie falsch. Sie wird sie nicht haben wollen. Wird sie zurückschicken.*

Ich werde das Geschriebene überkleben und die Karte über dem Schreibtisch an die Wand pinnen, denkt sie beim Licht ausdrehen. *Der Birke wegen.*

Ich habe einen Schritt vor und fünf zurück getan, wenn ich die Karte behalte, weiß sie, als sie auf Schlaf wartet.

Gegen Morgen ist dieser Traum da: Sie steht in einer Kirche. Weit hinten. Über ihr der Chor, die Bläser. Mozart. Die Spatzenmesse.

Spatz nannte ihre Mutter sie manchmal in den Briefen ins Internat. Selten in den Ferien zuhause.

Sie schluckt, aber sie ist eine Träne. Ein Fluss von Tränen. Sie ist plötzlich klein. Ungefähr vier. Und – sie kann noch weinen.
Spatz!
Sie sucht ein Taschentuch, findet keins.

Dann ist sie wieder erwachsen.
Sie spürt eine Hand, die ihr etwas auf die Schulter legt. Sie wagt es nicht sich umzudrehen, zupft vorsichtig von ihrer Schulter, was ihr jemand – wer? – fürsorglich dort hingelegt hat: ein Taschentuch. Es sieht aus wie jenes, das sie als Kind bei ersten Bügelversuchen versengt hatte, es ist schrumpelig, fühlt sich wie Birkenrinde an, wird Glas in ihrer Hand, wird Wasser. Tränen. Wessen...?

Der Schatten einer Frau verlässt durch das Seitenschiff die Kirche, als sie sich endlich umsieht. Er zerfließt im trüben Oktobernebellicht.

Morgen hat meine Mutter Geburtstag, denkt sie im Wachwerden.

Auf dem Weg zum Büro zieht sie eine Briefmarke aus dem Automaten. Sie ist fast sicher: diese Karte wird ihre Mutter behalten.

WEIHNACHTSMARKT MIT GLOCKENSPIEL

Feiner Schnee flirrte, tanzte in der Windstille, legte sich auf den Bunker, auf windige Holzbudendächer, auf Mützen und Mantelschultern.

Elie, der kleine dunkle kraushaarige Junge, schaute nach oben, ließ den Schnee in sein Gesicht, in seinen Mund, stand eine ganze Weile so. Die dicke Trine stand daneben, groß und massig, mit rot gefrorenen Wangen, stumm wie meist. Sie hielt diesen fremden Jungen an der Hand, sah zu ihm hinunter mit leerem Gesicht, das sie zur Schau trug, seit die Kinder auf der Straße, seit selbst ihre Brüder sie 'dicke Trine' riefen.

Die beiden blieben allein in der Menge staunender, scherzender Menschen. Und Elie wünschte sich Nähe. Sie gingen von einem Stand zum nächsten, beobachtet aus Augenwinkeln, hielten sich nirgends lange auf. Manchmal sprang Elie hoch, wollte einen vom Budenvordach herunterhängenden Strohstern berühren, aber er konnte an der dicken Trine Hand so hoch nicht springen. Nur einmal fiel ein kurzes Stück Lametta herunter. Er fing es auf, versteckte es rasch in seinem Fäustling.

Am Ende des kleinen Platzes, wo der Drehorgelmann Weihnachtslieder spielte, beim Karren mit den Tannenzapfenzwergen, beim Stand mit den Holzmodels und den Rauschgoldengeln wollte Elie stehen bleiben, mit anderen Kindern wollte er um die Hütten rennen, aber die dicke Trine ließ ihn nicht los, schob ihn weiter, und Elie trug den Duft von Lebkuchen und Bratapfel mit sich herum, ohne davon kosten zu dürfen. Erst auf dem Rückweg, als die Straßenbahn am Rathaus vorbeiratterte, schob sie ihm einen kleinen

Weihnachtsmann aus Zuckerguss in die Manteltasche. Bald danach zog sie ihn hinter sich her aus dem Straßenbahnwaggon und lieferte ihn wenige Schritte später an einer grauen Pforte wieder ab. Nächstes Jahr würde sie ein anderes Heimkind zum Weihnachtsmarkt mitnehmen.

Elie träumt noch manchmal von der Wärme der Hand dieser barschen, stillen Frau mit dem leergelebten Gesicht, träumt den Duft und das Glitzern und die kleinen unerfüllten Wünsche jenes kalten verschneiten Nachmittags, wenn er in dem überbesetzten klimatisierten Büro eine halbe Weltkugel entfernt am Zeichentisch steht, wo vor dem Fenster schon morgens die Luft über dem Asphalt wabert.

Und schließlich kommt er in die Stadt zurück, in der ihn vor bald vier Jahrzehnten irgendjemand geboren hat, die er verlassen hat, als er für das Heim zu alt und für das Leben draußen zu jung war.

Nieselregen fällt und Elie friert, als er ankommt, zwei Wochen vor Weihnachten. Hin und wieder schaut er nach oben, schließt die Augen, sieht so Schnee aus dem grauen Himmel fallen. Er wandert durch die Stadt, die er nicht mehr erkennt. Den Bunker sucht er vergebens. Es murmelt und klingt und kreischt in der Schlucht zwischen Banken und Kaufhäusern. Der U-Bahn-Schacht schwemmt immer neue Schritte und Stimmen nach oben. Elie wird erfasst, vorbeigespült an singenden, kaufenden, kauenden, Glühwein schlürfenden Menschen, die einander kaum wahrnehmen, vorbei an der mit vielen hundert Lichtern bestückten Riesenfichte.
Schön! denkt er – und: *Wenn's nur stiller wär!*

Er stemmt sich gegen die Masse, will zur Seite, irgendwo warten, bis er zum nächsten Verkaufsstand schlendern kann, ohne gepufft, mitgeschleust, noch weiter hineingeschoben zu werden in das bunte Knäuel auf dem Platz, der längst keine Straßenbahnschienen mehr hat.

Doch er wird unter ein Budendach gedrückt, streift mit seiner Schulter zu tief hängende Neonlichterketten, die sich in bunten Glaskugeln spiegeln. Es duftet nach gebrannten Mandeln, Bratwürsten und Lebkuchen. Wie damals.

Am Stand neben dem Brunnen hätte Elie gern die Wachs- und Holzmodels und die Rauschgoldengel näher betrachtet, sich ein paar Stände weiter kandierte schokoladeüberzogene Früchte gekauft, aber er wird vorwärtsgetrieben, darf nicht stehen bleiben in dem Menschengewirr, das sich immer mehr um ihn verdichtet. Er wünscht sich ein klein wenig von der Distanz von damals, doch er bleibt eingekeilt zwischen Hüten und Mänteln und tanzt, widerwillig, mit der Menge den stumpfen Ein-Schritt-nach-links-ein-Schritt-nach-rechts-Tanz, seine Beine Teil des Zehntausendfüßlers.

Die ersten Schläge der Rathausturmuhr gehen im Lärmen unter, jeder neue Ton wird deutlicher hörbar, das vielsprachige Murmeln, das Kreischen und Klingen wird leiser, hört auf, das Nach-links-nach-rechts-Gewoge ebbt ab.

Mit dem elften Schlag steht die Menge, starr, still, die Köpfe allesamt nach oben gereckt. Aller Augen fixieren die hölzernen Schäffler im Turm, die zu tanzen beginnen.

Ein Marsch hämmert an die Glocken. Elie hört ihm und der

Stille zu, glaubt schließlich, die anderen haben aufgehört zu atmen.
Wenn ich mich nur ein klein wenig zurücklehnen oder vorbeugen, wenn ich nur einen von ihnen mit einem Finger berühren könnte, fielen sie nach allen Seiten auseinander, stießen einander um wie Dominosteine, stießen einander in die Gassen hinein, füllten sie mit endlosen Leiberketten…
Elie grinst, versucht, seine Arme anzuwinkeln, aber da ist die Mauer starrer Gestalten um ihn.

Im Turm stehen die Schäffler still, das Ritterspiel darüber beginnt. Und als ein Ritter fällt, fallen fünftausend Kinnladen, und die Töne aus fünftausend Mündern unterscheiden sich kaum voneinander, und fünftausend Kinnladen klappen wieder hoch.

Da hat wohl einer an der Schnur gezogen, denkt Elie. Er versucht ein zweites Mal, den Wall um sich zu sprengen, weil ihm eng und ein wenig bang wird in dieser Falle, aber die Mauer der Beine, Rümpfe, Arme gibt nicht nach.

O Tannenbaum, singen die Glocken.

Marionetten! denkt, schreit er da in das Glockenspiel und in die Stille und hört sich nicht. *Hampelmänner! Ihr gehört hierher zu Engelshaar und Kerzen. Aber ich doch nicht. Ich atme! Ich sehe! Ich kann sprechen, hören, weggehen – wenn ihr mir Platz macht.*
Wo sind nur die Schnüre, die eure Beine bewegen? Ich muss sie finden…

Elie will sich befreien oder wenigstens seinen Kopf drehen

– wo sind die Schnüre? –
aber sein Genick ist steif und seine Augen starr.
Er spürt nicht mehr, dass er am Kragen hochgehoben, weggetragen wird zu dem Stand neben dem Brunnen, dass ihm eine Schnur ins Kreuz gehängt und an seinen Schultern festgezurrt wird; er sieht nicht, dass zwischen den anderen noch ein Haken leer ist.

Manchmal reißt der Wind an den Schnüren.

Dann bewegt sich die Menge wieder.

Unter ihnen Elie.

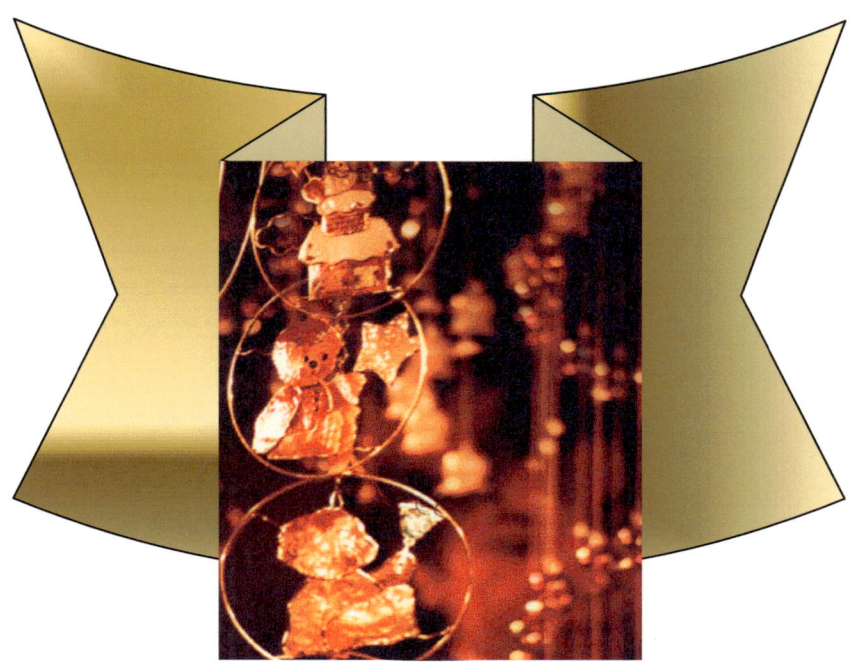

Inhalt

Der Weg?
Die Schmetterlingsfrau   7
Sommerhaustage   13
Ganz Los Angeles brennt   21
Sturmnacht   31

Das Ziel?
Geh in dich   39
Gar mancher Mime   45
Zeitbetrachtung   49
Nimm dir Zeit   55
Versuch eines Traumprotokolls   59
Mario und Josephine   65

Der Sinn?
Der Lumpenpuppenmann   73
Ein Stück Brot   81
Die Maske der Stille   89
Obwohl es draußen Blätter regnet   95
Weihnachtsmarkt mit Glockenspiel   103

Waltraut de Willigen schreibt zweisprachig, übersetzt.
Publikationen u.a.:
- DIE VORLAUTE ROSE, Gedanken, Gedichte, Geschichten, Zeichnungen, ISBN Buch: 978-3-7322-4274-0; ISBN E-Book: 978-3-8482-8419-1
- DAS SONNE-, MOND-, STERNE-, WIND- UND WOLKENBUCH ODER DER REGENBOGEN BIST DU, Jugendbuch
- ICH WOLLTE, ICH KÖNNTE DICH TRÖSTEN, Trostgedanken, Fotoillustration
- SPUREN DIE DU HINTERLÄSST / SPOREN DIE JE ACHTERLAAT, D/NL, Poesie, Kurzprosa, Zeichnungen
- FORTGEGANGEN – ANGEKOMMEN, Poesie, Kurzprosa, Fotoillustration
- FLOH IM FELL – HAUT DARUNTER?, Poesie, Kurzprosa, Fotoillustration
- WANT ER IS EEN TIJD VOOR STILTE, poëzie, poëtische proza, fotoillustratie

in Anthologien, Literaturzeitschriften, Literaturtelefon (D/NL), Medien, Bühnenlesungen.

Lilith-Benthe Eriksen fotografiert, illustriert Bücher, entwirft Kalender und Tafeldeko Sets. Sie präsentiert ihr Werk in Ausstellungen in Deutschland und den Niederlanden.
Illustrationen u.a.:
Bücher:
- DIE VORLAUTE ROSE (Umschlag)
- FLOH IM FELL – HAUT DARUNTER?
- FORTGEGANGEN – ANGEKOMMEN
- WANT ER IS EEN TIJD VOOR STILTE

Kalender:
- SEE-LAND FLANDERN
- SUMMERTIME
- ZUEIGNUNG

Tischdeko Sets (pro Set 4 Themen/Motive) u.a.:
- Linie *DUE ARTE:*
  EXLIBRIS / FREUNDSCHAFT I, II, III / FRÜHLING I, II / JAHRESZEITEN / ORCHIDEEN / ROSEN / SCHMETTERLINGE / SYMBOLE I, II / ZUEIGNUNG
- Linie *ARS FRYELLE:*
  KINDER / LANDSCHAFTEN / TIERE / WEIHNACHTEN/NEUJAHR / INDIVIDUELLE PRÄSENTE FÜR FREUNDE UND/ODER GESCHÄFTSPARTNER / WERBETRÄGER